JN139046

中里茉莉子歌集

二月の鷗

東奥日報社

目次

冬の気配

五十四首

手作りのお手玉さくさく空(くう)に上げわれを幼き日につれもどす

山鳩の巣のみ残れる藤棚に乾(から)びし莢実ひとつ揺れいる

縄文の人ら起こしし火の色に朝焼けてくる刈田の空は

あやまちは繰り返さるるものと言う柘榴(ざくろ)が赤きその口あけて

鬼灯(ほおずき)の真赤に点る畑の隅見知らぬどこかへの入口ならん

十月の朝の海風冷たくて冬の気配を知る貝ひとつ

ひたひたと冬が来ている目の前に硝子の麒麟（きりん）はまなこを閉じる

霜溶くる朝の畑の淡き陽にたおたおとゆく白蝶ひとつ

瓶（かめ）に差す萩のむらさき枯れやすく誰にも届かぬことばこぼせり

首すじに冬の気配のしのび寄り八ツ手の花の吐息が白し

たちまちに冬へと移り真白き翼ひろげてゆく渡り鳥

ひりひりと蒟蒻（こんにゃく）炒りて激辛のきんぴらわれの冬の気構え

半身におろしゆく鮭遥かなる海のかなしみひそかに匂う

いつまでも諸葉散らさぬ栗の木の意志の強さに忍び寄る冬

疲れきった軍手が小屋に横たわり思い出せないかの夏のこと

ひきしまる土偶の女（おみな）の総身が冬の気配を一早く知る

北斗星大きく開く冬の空何処にか火を噴く狂気のあらん

指の痕（あと）つけてはならぬできたての椿の餅は冬を宿せり

雪の庭にしきり啄む雀らの小さき窪みいくつ残れり

ガラス越しの冬の光を浴びながら幼き吾子と手話を交わせり

かたくなな寒の卵がてのひらに何かつぶやく真冬の声で

凍てつくるみずうみのごとき冬の鏡狂気と正気の境はあるか

数日を降りつづく雪に埋もれて椿の一樹の梢うごめく

北の地へ迷いてきたる白鷺か雪原に立ち雪に紛れず

この夜も母にゆたんぽの湯をわかし九十年の時をぬくめん

窓越しの冬陽に眠りさそわれて指の先までゆるみいる母

食卓に割る生卵盛り上がり黄身いきいきと寒を息づく

マンホールの蓋のみ雪が消えている不思議の国の入口なるらし

地平線炎と染めて昇りくる冬陽に林檎の一樹呼吸す

どこまでも青く澄む空人間を忘れてしまいそうな雪原

大地震襲いきし校舎船上のごとく揺れたり声呑みて立つ

大地震ののちのわが町覆いたる闇に点れるあまたなる星

夜どおしに小さきラジオの伝いくるに心おののき夜明けを待ちぬ

六十年以前の生活ありありと顕(た)ちくる灯り消えし数日

悪夢なら覚ましてほしき惨状に言葉失う原発の事故

避難所に日々をおびえるわが娘とたった一つ結ぶケイタイ

幾度かケイタイに聞く吾娘の声励ましのことばかけるしかなく

吾娘の身を案ずるのみに何の手も延べる術(すべ)なく心ふるえる

九十年生きて大地震(ない)の惨に遭いし母をあたたむ小さき湯たんぽ

物置にほこりまみれの旧式のストーブに家族のいのち守らる

大地震より三日を過ぎてようやくに映るテレビに惨状を知る

三日経て届きし新聞開くとき心おののき身はふるえたり

人の世の大混乱を天上に静かに見下ろす白き半月

豊かなる日々一瞬に崩れゆきはかなき夢より覚めてたじろぐ

大惨事に苦しむ人の背なを押し地平線に昇る朝の陽

常のごと庭に騒げる雀らの無心なる様に心救わる

澄みきった空の青さえ信じがたく襤褸(らんる)のごとき原発建屋

人の世の苦しみひっそりみつめつつ庭隅に咲くまんさく一樹

必ずや復興叶う日あることを人の力の小さくも巨き

いつの日か思い出の一つとなりゆくかこの数日の大混乱も

霜柱さくりと足裏(あうら)に崩れゆきこの世は不安に満ちいるところ

余震つづく朝にはあれど庭木々にしき鳴く小鳥の声に安堵す

平凡なる日常こそが奇跡だと気付かせくれし大震災は

真夜中の余震にだれも起き出さず船に運ばれゆくごと眠る

日月

九十首

寺山修司を知る人ひとりまた逝きて五月を待てる紺青の海

遠回りしてゆく道に菜の花の畑つづきて黄の波ひかる

靴紐を結び直してゆく道にいぬふぐりの花るりにかがやく

あまたなる楤の芽すんすん競い伸び修司の森に春の木もれ陽

出会いたる修司の記憶やわらかに五月の湖（うみ）の翡翠のひかり

修司忌の野外劇場の空を舞う鳶の一羽も演出ならん

観客の坐りし草のゆっくりと立ち上がりきて夕陽かたむく

しなやかなる鋼（はがね）となりて空を舞う鳶の一羽よ寺山修司忌

寺山へ近づく扉ひっそりと開けば森に瑠璃の紫陽花

野いちごの枝はあまたの棘をもち少年寺山の孤独に触るる

一本の樹のごとく立つ寺山修司の影は動かずわれの湖辺（うみ）に

少年の日の修司のまなざし何処にかひそませている三沢のまちは

難解なる言葉の並ぶ短歌論読みつつ穴のあくごとき脳

悠然と西空に立つ八甲田山千年のちのマグマ秘めいん

百年前の記憶は何もないという風の運んできたる黄砂が

汽水湖の水盛り上がり春の朝北の地層にクジラは眠る

思い出の一つだになきわが父の七十年めの二月の命日

山独活(うど)の苦さ身ぬちにかみしむる父を知らない遠きおみな子

殻厚き卵の中に眠りたし二月の夢をこわさぬように

如月の朝に気化してゆくことば振り返らざる風の歳月

失いしもののかたちを引き寄せて春のテーブルにひろぐる白布

長ながと居坐りし冬ようやくに終りゆく畑はこべは青し

小鳥らにあずけしままの柿一樹喰い尽くされて春近づけり

満月の青き吐息が春の夜静かにとどく耳の裏側

新しき朱肉の色の鮮やかさ春が生まれるわが机上にも

白じろと波間にただようゆりかもめあの日の海を忘れんとして

黄緑と黄色の絵の具が減ってゆくパレットの中より春広がれり

真夜中の厨に何かつぶやける浅蜊の声に耳傾くる

長椅子の下にかくるる鉄亜鈴だれのこころの黝(くろ)き影なる

あまたなる機能果たせるケイタイを持たぬすがしさ喩(たと)えがたしも

涅槃会(ねはんえ)のひとりとなりて合掌す現(うつ)し世しきり春の雪降る

「絶対にあり得ない」ことの起こる世に生きて慎しむ己が日(にち)にち

ひろげたる鳥の翼の白さもて薄き陶器の夜の冷たさ

くれないに林檎の蕾ふくらみて厳しき冬を忘れんとする

こっそりと庭に植えたる林檎の木百年のちもわれにつながる

うす切りの玉葱盛り上げふりかける呪文のごときドレッシングを

辻褄の合わぬ言葉も呑み込みて五月の雨の確かな量感

季節ごとに鳥渡りくる空の中けさ郭公の声届きたり

右足の靴擦れ痛し言い過ぎし言葉のようにつきまといくる

蝦夷(えぞ)春蟬の声透きとおる森の径(みち)若葉の色に染まりつつゆく

今われは活断層の上ゆくか春蟬の声森をゆるがす

この谷に百年を立つ沢胡桃大枝ひろげ風をよろこぶ

千年の昔の姿そのままに岩に繁れる歯朶の勢い

谷川の吊り橋わたりゆく人のあぶり絵のごと風の尾をひく

カーテンを開きて星の明り入れ一夜の旅の眠りたのしむ

真昼間とまごう明るさ東京駅の地階にわれの影見失う

改札機われを閉ざして行き止まる東京駅はたちまち異国

東京駅のロッカー開けば誰も知らぬ底なき森の入口がある

真昼間の街の群衆に紛れいいん寺山修司の鋭き視線

足元の小さなる段差につまずきて現し世つねに油断ならない

川の瀬に立ち尽くしたる棒杭に反逆心がみなぎっている

遺骨なき父の奥津城（おくつき）守りきて森にあふるるひぐらしの声

矢車草の花きりきりと風にきしみ夕暮れ父の影がたたずむ

ラベンダーの匂袋をひそまする鞄を一つ旅にゆきたし

いそがしく行き交う蟻の小さなる思考の中に過ぎゆく季節

一日の仕事を終えしわが影が舗道の上をのびちぢみゆく

いさぎよく生きてゆきたし夏の陽に静かに透ける蝉のぬけがら

六ヶ所村のウランひそかに呼吸する誰も知らない千年ののち

時間にも険しき断層あるごとく3・11以降の日月

貝殻の螺旋に添いてほぐれゆく夏の夕べの時のはかなさ

早朝を蹄の音のひびききて湖(うみ)に沿いゆく白馬の列は

五十年に一度咲くという笹の花草の穂状に揺るる道ゆく

復興の進まぬまちの草むらに夢より覚めし人形ひとつ

言いそびれし言葉一輪の花にして絵手紙午後のポストに落とす

風景画の半分は空水色の絵の具が心の中ににもにじむ

中城ふみ子の知らざる老いを生きる母ともに大正十一年生まれ

九十三歳の母のこの日々多くなる「ありがとう」のことば耳にさびしき

かくし持つわれの背びれをぬらしつつ初秋の朝の川は光れり

地より湧く血潮か群るる曼珠沙華研ぎすまされてゆく風の先

補聴器をなくしてしまいし幼な子の耳に届かぬりんごのつぶやき

還らざる秋の輪郭とらえつつ祖母のてのひらにのせたき林檎

肩凝りを知らぬ魚のまなこ澄み皿にのびのび海を匂わす

息絶えし蜻蛉森に翅ふるえ修司のことば胸にかえりく

百年の未来の空を探しいる瓦礫の中の人形の目は

廃線となりし電車の踏み切りにくるはずもなき電車待つ風

掛けちがい一つ余りしボタンのみ知る恥ずかしさ日のかげる窓

いびつなるわが足の指かくしくるるストッキングの絹の光沢

手鏡の中の小さき青空をハンドバッグの中にしまえり

洋梨のまろき背中に陽のそそぎ肩甲骨の痛さつぶやく

洗い晒しの秋の一日蜻蛉の翅のうすさににじむ青空

四つ足に森を歩いていしころのヒトが見上げし満月匂う

引力に逆らわぬあまた栗の実が裏の畑にこぼれて光る

浅漬の胡瓜青あお盛る　朝（あした）清流のごと秋のはじまり

脚折りて馬眠るとき望月の光（かげ）がそそげり敷藁の上

沢胡桃の大樹目覚むる朝の森馬上にわれは呼吸ととのう

さくらんぼは木登りをして食うものと思い込んでいた子どもの頃は

「恋空」という名の林檎真紅なる肌光らする晩夏のてのひら

いびつなれど甘く匂えるマルメロの胸にかえりく一篇の詩（うた）

飼われいる亀のさびしさこつこつと甲羅触れ合う遥かなる海

玄関のかぎを開きて朝一番の大気吸い込む家もわたしも

時の断面

七十八首

森に棲む貝になりたし遥かなる海に漂う夢みつづけて

夕闇に橅の森の静まりて宇宙の色にしだい溶けこむ

二十日余り遅れ咲きいる曼珠沙華秋待ちわぶる母の野の道

朝あさを一群れの鳩放ちやる少年の手の秋空に触る

ふっとうする鍋に一瞬身をよじり烏賊は海の記憶うしなう

生け垣を胸の高さに切りそろえ広がる風景秋が渦まく

縄文人の食を満たしし栗の実が夜更けに強く屋根をたたけり

五年日記使える友は折おりに過去とうつつをゆききするらし

遠き日に祖父の振りいし斧に似る重く鋭く初冬のひかり

ブルーベリー摘みし丘も冬に入り骨格のみの木々並びたり

街裏の硝子工房をめぐる時函館の海の寒ざむと見ゆ

啄木の逝きて百年寺山の没後二十九年熟るる無花果(いちじく)

冬空の青折りたたみ曳き入るるわが抽斗（ひきだし）にひそむ寺山

青あおと鱗ひかりてひきしまる寒の鰯のまなこするどし

釉薬のにごり幾度も洗いいいて澄みくるまでのわれのこころは

銅版を叩きて削り八百度の炎の中をくぐらせんとす

百五十色の釉薬並べる棚の隅一度も使わぬ色の静けさ

炎えたぎる窯の中より取り出せる銅版の荒き放熱のさま

窯変の釉薬に描きし銅版に真冬の北の海が生まれる

一輪の椿のくれない生まれ出る七宝絵画窯の中より

窓のなき茶房にひっそり入りゆき煉瓦の壁に溶けこむ時間

バスケット終えきて木の椅子に深ぶかとかけてまどろむ人はわが夫（つま）

大判のタオルばかりを使いいて男というは帆を張りたがる

ブラジルの真夏の空をかき分けて立佞武多ゆく津軽は吹雪

一月の風吹き抜くる藤棚に乾(から)びし莢実いくつ触れ合う

脱水槽より次つぎ濯ぎもの取り出してひろぐる今朝のわれは手品師

厳寒に耐えいる庭の椿一樹歯をくいしばる諸の葉のいろ

新幹線乗り継ぎ八時間の地に住める娘よりの電話近ぢかと聞く

朝ごとに太さ増しくる軒の氷柱みな大地射る矢じりとなりて

一切れのバームクーヘン皿の上ほのかに匂う時の断面

わが行く手かき消し荒るる地吹雪の道は遠世へ迷い入るごと

白鳥の冷たく長き首の中すべりてゆける奥入瀬の川

晴れあがる朝の新雪きらめきてりんごの丘に樹々はまぶしむ

立春を過ぎて明るき居間の窓なくしし縫い針どこかに光る

爪を研ぐ獣にあらずしみじみと十指の爪を丸く切りゆく

強風に橅の梢の鳴りわたり冬の夢より目覚むる気配

翡翠色の小鳥飛び立ちゆく空の向こうより兆す春と思えり

早春のわれのからだをやわらかくすべりこませる絹のブラウス

雪解けの川の流れのすさまじさ谷の吊り橋しぶきにゆるる

トンネルを抜ければわれは裏返り未だ見ぬ虫になるかもしれず

白じろと独活太りゆく三月のハウスの中の土のぬくもり

強風に倒れし樵のこぼしたる種子は春の光に芽吹く

二千年津軽の海の波音を聞きつつ眠る鯨の化石

自らの殻を少しくゆるめつつ春の呼吸をたのしむしじみ

擬態して生きゆく知恵をもつ虫のまねもかなわぬ身にまとう春

春のりんご芯より腐りてゆくように一人ひとりのかくす危うさ

ペットボトルの飲料水のあまた並び不安なる時代を透かし見ている

蹴とばしたき小石さえもなき道に塗り替えられし白線ひかる

秘密ひとつかくせるごとくおにぎりの中に梅干しひっそりうずむ

みずみずしき大根一本かかえ持ち地中の闇の匂いを思う

やわらかき畑土踏みてトマト苗植えゆく朝(あした)かっこうの声

わが胸の小窓をあけて仰ぎ見る遠き五月のふるさとの空

あたたかき呼吸の仕方あるように銀杏並木の若葉かがやく

雨のなき畑にゆっくり育ちゆく莢豌豆のようなわたくし

あまたなるおたまじゃくしにくすぐられ早苗はみどり震わせわらう

ほきほきと畑に取りゆくアスパラの切り口したたるはつなつの朝

三分間で出来上がりたるいちごジャム電子レンジのふしぎなる業（わざ）

かなしみはとうに忘れし空っぽの鞄の中に夕陽とわれと

木馬海馬二頭の馬の夕べにはいずれかひしとわれに寄り添う

銀杏の木千年先もそよぎいる夢より覚めて原子炉のひび

放射線危険区域に月見草あまた群れ咲き地の耳ひらく

水音を乱してゆくは死者たちか夕闇つつむ奥入瀬渓流

つゆくさの花のむらさき閉じるころ日差し傾く母の窓辺に

百歳に近づく母に灯りいる火種のごとき遠き満州

夕顔の花ひらきゆく古き棚に祖母の残しし鎌の傷跡

靖国の父にはるばる会いにゆく六月めぐり緑まぶしく

遠き日に飲みしソーダのすがしさが頬に触れくる夏のはじまり

一滴の顔彩の青絵手紙ににじみて夏の海が生まれる

砲台の跡は消え去り葦毛崎展望台に弧を描く海

種差の潮鳴り聞きて蔓延ばし浜昼顔のうす紅ひらく

岩の上に沖を見ている鷗一羽のうしろ姿に己をかさぬ

砕け散る波のしぶきの染みとおり岩のこころをやわらかくする

震災の爪跡いまだ足もとに秋草おおう潮騒の道

巻貝の奥に小さな海があり古代の波のつぶやき聞こゆ

幾万年の波を砕きて動かざる巌（いわお）の意志の黒光りせり

鰯雲流れ虚空の広さ知るわがてのひらに秋が芽生えて

くらいつく獣のごときまなこして遡上の鮭は先を争う

盂蘭盆会すぎて再び雑草の猛けいる畑しみじみと秋

春の張力

七十二首

朝空を切りて伸びゆく飛行機雲われに何かが芽生えはじむる

人間も絶滅危惧種の一つならん欠片となりし恐竜の骨

脚折りて牛も羊も眠る夜森に闇を立たせいる樹々

未来形仮定形にのみ夢を言い少女はいつも蕾のにおい

わが知らぬことば時折りとび出（い）だし中学生の会話異次元

新しきチョークのようなまじめさでダウン症児のＫ君がくる

焼きたてのパンのようなる少女きてたちまち明るき朝の教室

給食の校舎に流るる音楽は外国語のような日本語のうた

院内学級を知っていますか療養をしながら学ぶ中学生を

病室にひっそりといる少年の点滴ひかる早春の朝

点滴の管に繋がるA君のショートスピーチの声張りのあり

退院の予定再び長びける少年と眺める麦畑の青

てのひらをひろげることから始めよう朝の陽光双手にぬくし

自らの足に自由に歩くことたった一つの夢なる少年

心だけ五月の空へ投げ上げようきっと体中に満ちるその青

季節季節の風の届かぬ病室に道端に摘みし昼顔飾る

宿題のプリント三枚まどろめるA君のベッドにそっと届ける

カードゲームするとき余裕のまなこしてわれを負かしむ少年の顔

ベッドサイドに授業つづくるA君の消しゴム陽気に床ころがれり

飛びたてるドクターヘリを見送りぬ八甲田の向こうへ消えてゆくまで

狭き廊下にキャッチボールをするときの少年の目のかがやきはじむ

砂浜のわが足跡が水平線になりてゆくらし夏の終りに

枯れ尽くす向日葵ひともと種子乾き夏の記憶をこぼさんとする

ケイタイのなかったころをなつかしみ街角に光る電話ボックス

里芋の皮をむきつつどうにもならぬ事はどうにもならぬと悟る

鳥籠に小さき羽毛の一つ残り数えきれない傷をもつ空

石畳踏みて歩めばいにしえの何処へたどり着きゆくわれわれか

巡りくる八月いくつ重ねても青年のままの父は語らず

写し絵の中に若きちちとはは住みいし遥か満州の空

半夏生（はんげしょう）のはだらなる白揺れ合いて父を知らざるわれの歳月

七十年佇みている軍服の父のポケットに何仕舞わるる

詰襟の古き軍服脱ぎたくはないか写し絵の父を見上ぐる

もうどこを探せど焚火の跡はなく歳月渦巻く生家の跡地

遠き日に掘り井戸ありしあたりにて時折祖母の影横ぎれり

錆びつきし鉞（まさかり）いまも記憶せり祖父が薪割る渾身の力

蕎麦を打つリズム厨にひびきつつ祖母在りし日の豊かなる家

父のいる風景知らず過ぎて来し戦後の歳月をわが齢(よわい)とす

夏桑の透けるみどりを濡らす雨たどり着けないふるさとの家

昭和という時代のほのかなあたたかさわれの身ぬちに卵のごとし

厚き砥石に包丁磨げばにじみ出る石器時代の生臭さあり

土の感触かくも足裏にはずみくる緑かき分けゆく八甲田

殺戮に見開くまなこうすく閉じ真昼の森に眠るふくろう

研ぎ癖のゆるき窪みをもつ砥石ぬれて春の光をかえす

わが胸より一羽の小鳥翔びたたせ重心傾く立春の朝

骨密度の高き骨格光らせて白鳥の群れ空のなかゆく

折りたたむ日々の隙間に早春の光かそかにうごき始むる

いつの世の雫かひとつわが額（ぬか）を打ちて遠き春ひき寄する

漆黒の暗渠の中に流れゆく桜花びらの須臾のためらい

まっ逆さまに落ちるほかなき朝の滝たった一つの答えのように

一枚の硝子へだてて水族館にヒトという生きもの見ている魚

津軽海峡海底トンネルくぐりゆく列車の窓に魚(うお)の貌(かお)して

真緑の山葵（わさび）食むときわが身ぬち雪解け水の匂いたちくる

木蓮の緑の大枝壺に活け古りしわが家森の静けさ

食べ盛りの子らいる頃の大き鍋出番なきまま時過ぎゆけり

流水に洗う野草は水はじき厨に春のみどりあふるる

二斗樽に酵素作らん詰め込める五十種類の野草の匂い

切りきざむ独活どくだみの匂いつつ野のエネルギーをまき散らしたり

数日の発酵見守る樽の中姿変えゆく野草の力

深ぶかと腕さし入れてかきまぜる古代より女(おみな)のしてきし生活(たつき)

里山に摘みし草ぐさ樽の中にゆっくり眠らす春の幾夜を

水音の絶えぬ里山うるおえる緑にまぎれ雉の歩めり

一面の芹のみどりを騒立てて湧水は春のかたえに流る

うす紅に谷空木(うつぎ)咲く小川辺に朽ちゆく楢の洞(うろ)の闇抱く

未だ誰も踏まぬ草踏み下りゆき籠に満たして野草を摘みぬ

まむし草茎太ぶとと頭（ず）をもたげ沢の守り人のごとく立ちたり

人のいぬ雑木林は風ばかり桂と橅との音聞き分くる

満開にあと幾日のさくら並木明けゆく空の春の張力

苗木市に並べるなんじゃもんじゃの木山崎方代を生みしを思う

野放図に枝伸ばしたる連翹の一樹ふるわせ春の強風

かくしたきものその裡にひそめつつ夕闇に姿溶けゆく庭木々

窓の辺の空(から)のままなる鳥籠にそっと棲みたし春を待ちつつ

森にひろいし胡桃の一つ手の中に森の話をしきりしたがる

いつか芽吹かん

六十六首

枝をみな切られたる木がわが内に一本立てり春立つ朝（あした）

縄文の遺跡をはるか俯瞰（ふかん）せる鳥の目あらん春の大空

九千年の眠りより覚める土偶の乙女わがてのひらにのる身の丈に

空を飛ぶ鳥は詩人になりたしとことばこぼせりいつか芽吹かん

正しい解釈多分ないのだ寺山の短歌にことばうごめいている

休日を耕すごとく稿を書き折おり雀にのぞかれながら

虫喰いの穴一つなきキャベツばかり店に並ぶは何かおそろし

何もかも百円で買える森の中赤ずきんちゃんのように入りゆく

糸電話に似ているわれのケイタイはたったひとりの人につながる

奥行きを失いてゆくデジタルテレビ不安なる世ばかりを見する

汚染水しのび寄りくる海の底明日に向かい叫ぶヤドカリ

ほんとうは残酷おそろし昔ばなしのつづきのような日々を生きゆく

雪深き森をさ迷う子鹿のごと東京駅の雑踏に立つ

荷物引き地下の五階のホームゆくわれは小さき一匹の蟻

泣き叫ぶ幼子乗せてゆく電車ふるさと探す寺山修司

森の中の待ち合わせ場所へいそぎゆくあじさいいろどる修司の館

どんな問いにも答えることなき一本の欅の大樹青空のなか

届きたる手紙一通差出人は寺山修司だったらいいなあ

三陸の海辺の町をふるさとに持てる少女よあれから四年

海水と湖の水交じり合う朝の河口のきらめきやまず

八月の海より生まれきしような幼な子ふたりわが家の客人（まろうど）

筆談のノート一冊つかい終え幼なとわれの夏逝かんとす

誰が胸をこぼれし鈴か草むらに一夜を清く鳴きとおす虫

巻貝になりたき夜は砂時計の砂の中にもぐり眠らん

高太郎山荘の森にひらきいる白百合おさなき獣のにおい

かすかなる雨の気配のする森にものの裏側ばかりが見ゆる

どこまでがわれの感情栗の花咲き乱れいる坂のぼりゆく

ふくらめるふうせんかずらの緑なる袋の中にゆれていたい日

庭石のひとつひとつの淡き影しずかに気配消しゆく夕べ

石垣の石の鱗をはぎとられし弘前城はひっそりとあり

ケイタイの画面の孤独なる深き穴のぞきこむ顔みな老いてゆく

裡ふかく修司のことばひそませて非日常を負いゆく蝸牛

四時半に届く新聞よりも早く起き出し朝の畑を見まわる

棒くいの高さを越えて伸びてゆくトマトの先端ほこらしげなる

山鳩の番(つが)いも雉子もそっと来る庭の草ぐさに身を隠しつつ

白じろとまっすぐ伸びる葱のごとプライド高く生きてもみたし

朝と夕べの区別は母に難くして説明しているわれも混沌

午後の日ざし部屋の奥までしのび入りベッドの母を温めている

耳鼻口人のもつ穴何処かでつながりていて風をめぐらす

根元より幼きキャベツを喰いちぎる夜盗虫も生き難き世ぞ

夕顔の花ほの白き垣根添い尺取虫は来世へ歩む

ひぐらしの声細ぼそと届く畑胡瓜の蔓の空めざしゆく

合歓（ねむ）の葉のみな閉じるころ佞武多囃子ひびきて路地に生るる夕闇

空蝉（うつせみ）はわれの抜け殻地に低くかえる声あり蔦の森なか

白足袋をきっちりはきて出かけゆく夕べ古稀を祝える会に

農一筋友の働く農園に実れる枇杷の一樹かがやく

夢も希望も持ちがたき農業このままでいいはずはなし怒る青虫

休耕の田にも等しく夕陽さし拓きし父祖の思いしずめん

農耕に生きこし馬の末裔か祭りの花馬車ひきゆく駒は

洞窟にかすかにうごく風ありて壁画の馬はわれをふり向く

日常に迫りくる危機感にほど遠くどうでもいいことばかりのテレビ

永遠におとずれぬ時間(とき)を未来と呼び汚染水一滴海へながれる

雨の降る惑星ひとつ人間を棲まわせ苦しむ青きみぞおち

偽りのことばかがやくことのありレモングラスはレモンの匂い

白壁の土蔵めぐらす友の家農に生きいる誇りのにじむ

峡の道たどりゆくとき現(うつ)し世の出口のあらん青き風音

畑覆いあかざ勢い育ちゆき野菜なればうれしきものを

住職の妻なる友の静かなるたたずまいに似るほたるぶくろは

糸とんぼひとつ寄りきて桟橋に遊覧船待つ小さき旅人

本州の最北端の大間岬夏の家族の写真に並ぶ

空の青胸いっぱいに吸いこみて鷗かがやく二月の海に

虎落笛(もがりぶえ)ひびく北の砂浜にうつぶせになる巻貝ひとつ

崩落をつづくる氷山とどろきて地球に起こる何の前ぶれ

この星より消えてしまいし恐竜の骨白じろとこぼる雪ひら

たっぷりと内に蜜をたくわうる林檎のような歌を生みたし

木簡に初めてうたを記ししは遥かなるわが父祖にあらずや

あとがき

この「二月の鷗」は「月夜の自転車」「渚まで」に続く三冊目の歌集です。前二冊を出版して既に二十年の時間が過ぎてゆきました。
　この度東奥文芸叢書に参加させていただきたいへんうれしく思います。二十三歳より作歌を始め、地元の「十和田短歌会」へ入会、短歌に熱い思いを注いでいる仲間に出会えたことは大きな刺激でした。
「まひる野」では篠弘、橋本喜典の両巨匠に師事され、何よりも幸せな事に感じています。この歌集には平成二十二年より二十七年七月まで「まひる野」誌に発表した作品を中心にほぼ年代順にまとめました。一方三沢市内の中学校に勤務を続けていることを機に寺山修司に深く関わりを持つことができ、寺山の短歌の世界に限りなく魅せられてきました。

人生はただ一問の質問にすぎぬと書けば二月のかもめ　　寺山　修司

あおぞらにトレンチコート羽搏けよ寺山修司さびしきかもめ　　福島　泰樹

空の青胸いっぱいに吸い込みて鷗かがやく二月の海に　　中里茉莉子

真冬の海に漂うかもめのきらめき、孤独感、希望など寺山の思いに重ね「二月の鷗」と名付けました。「十和田短歌会」はもちろんですが、「十和田湖ろまん短歌会」「クローバー短歌会」「松短歌会」の講師として活動を重ね、よき仲間達に自分も育てられている事を有難く思います。そして常に私を大きく支えてくれる夫と家族に感謝します。

そしてこの歌集をお読みくださる方々に心よりお礼を申し上げます。

平成二十七年十一月

中里茉莉子

著者略歴

中里茉莉子（なかさと　まりこ）

昭和二十年旧満州生まれ。昭和四十三年より作歌。同四十七年「十和田短歌会」入会、同四十九年全国結社「まひる野」入会、篠弘、橋本喜典に師事。同五十三年青森県文芸協会新人賞、同五十九年青森県歌壇新人賞、同六十二年毎日歌壇賞、平成二年青森県準短歌賞、同五年ラ・メール短歌賞、平成六年第一歌集「月夜の自転車」出版、同八年第二歌集「渚まで」出版。平成十六年まひる野賞。現代歌人協会会員、「十和田短歌会」会長、「まひる野青森十和田会」支部長、「十和田湖ろまん短歌会」「松短歌会」「クローバー短歌会」講師「寺山修司五月会」会長。

住所　〒〇三四—〇〇〇一
　　　十和田市西小稲一四〇—七
電話　〇一七六—二二—一四六七

東奥文芸叢書　短歌25

中里茉莉子歌集　二月の鷗

発行　二〇一六（平成二十八）年一月十日
著者　中里茉莉子
発行者　塩越隆雄
発行所　株式会社　東奥日報社
〒030-0180　青森市第二問屋町3丁目1番89号
電話　017−739−1539（出版部）
印刷所　東奥印刷株式会社

ISBN−978−4−88561−222−0　C0092　￥1200E

東奥日報創刊125周年記念企画

東奥文芸叢書　短歌

梅内美華子　福井　緑
工藤　邦男　福士　修二
山下　正義　工藤せい子
平井　軍治　中村　キネ
中村　道郎　佐々木久枝
道合千勢子　兼平　勉
山谷　久子　内野芙美江
斉藤　梢　秋谷まゆみ
大庭れいじ　間山　淑子
菊池みのり　吉田　晶二
寺山　修司　三ツ谷平治
横山　武夫　兼平　一子
中里茉莉子　三川　博
福士　りか　山谷　英雄
松坂かね子　鎌田　純一

（既刊は太字）

東奥文芸叢書刊行にあたって

青森県の短詩型文芸界は寺山修司、増田手古奈、成田千空をはじめ日本文学界をリードする数多くの優れた文人を輩出してきた。その流れを汲んで現代においても俳句の加藤憲曠、短歌の梅内美華子、福井緑、川柳の高田寄生木など全国レベルの作家が活躍し、その後を追うように、新進気鋭の作家が次々と現れている。

1888年（明治21年）に創刊した東奥日報社が125年の歴史の中で醸成してきた文化の土壌は、「サンデー東奥」（1929年刊）、「月刊東奥」（1939年刊）への投稿、寄稿、連載、続いて戦後まもなく開始した短歌・俳句・川柳の大会開催や「東奥歌壇」、「東奥俳壇」、「東奥柳壇」などを通じて、本州最北端という独特の風土を色濃くまとった個性豊かな文化を花開かせてきた。

二十一世紀に入り、社会情勢は大きく変貌した。景気低迷が長期化し、核家族化、高齢化がすすみ、さらには未曾有の災害を体験し、その復興も遅々として進まない状況にある。このように厳しい時代にあってこそ、人々が笑顔と元気を取り戻し、地域が再び蘇るためには「文化」の力が大きく寄与することは間違いない。

東奥日報社は、このたび創刊125周年事業として、青森県短詩型文芸の優れた作品を県内外に紹介し、文化遺産として後世に伝えるために、「東奥文芸叢書（短歌、俳句、川柳各30冊・全90冊）」を刊行することにした。「文化」の力は地域を豊かにし、世界へ通ずる。本県文芸のいっそうの興隆を願ってやまない。

平成二十六年一月

東奥日報社代表取締役社長　塩越　隆雄